KB092901

삶의 배낭

# 삶의 배낭

박장순 첫 시집

대양미디어

# 새로운 문전옥답을 가꾸는 전환점이 되길

## 金 鐘 祥

한국문협, 국제PEN, 현대시협 고문

　박장순 시인의 글을 읽으면서 '글은 곧 그 사람이다'라고 한 L. 린저의 말이 머릿속을 떠나지 않았다. 글 속에 자신의 삶은 물론이고 가족사가 너무나 생생하게 그려져 있었기 때문이었다. 집을 떠나서 방황하다가 오랜만에 고향 집이 그리워 찾아왔지만, 가족들을 만나는 것은 고사하고 눈이 어두운 부모가 기척을 채고 "우리 채식이 아니냐"로 물었지만 "채식이 아니라요" 하고는 고향 집에서 도망치듯 서둘러 떠났다는 아래 내용에서는 가슴이 아렸다.

　'(…) 까치, 참새조차 버리고 간/ 잡풀 우거진 마당// 나도 나그네 되어/ 옛집을 힐끔 쳐다보고/ 모르는 채 지나가려는 데// 찌그러진 대문 앞에서/ 허리 굽은 부모님이/ 잘 보이지 않는 눈을 비비며/ 봐라. 너 채식이 아닌가/ 뒷모습이 꼭 내 아들 같은데// 아니라요. 나, 채식이 아니라요/ 채식이는 고향 집이 싫다며/ 서둘러 떠나왔어요.' 했다.

　고향 집을 찾아갔다가 되돌아선 일은 여러 번이었지만 이 것은 그 가운데 「고향 집 앞을 지나며」의 일부이다. 고향 집을 찾아왔다가 부모조차 만나지 않고 쫓기듯 떠난 사연이 무얼까? 박장순 시인은 풍요로운 가정에서 부모님의 사랑을 독차지하고 자랐지만 어린 날 농기구 기름을 먹은 사고를 당해서 학교를 제대로 다니지 못하게 되자 술과 담배로 위안을 삼다가 중독이 되었다고 한다.

　무성한 구레나룻의 우람한 육체미에 남다른 봉사 정신과 정이 넘치는 인간미를 가진 그는 부모와 가족에게 피해를 주지 않으려고 몰래 집을 나와 시 낭송을 하고 시를 쓰며 방랑 생활로 자신을 혹사하며 살아가고 있다. 그의 이러한 삶을 돕는 것은 서울에 있는 따님인 것으로 알고 있다. 따님이 아니면 집을 나와 반 십 년을 의지할 곳 없이 떠도는 75살의 저자가 어떻게 살았을까 하는 생각이다. 대부분의 시가 그의 외로운 삶을 말하고 있으니 아래 시도 그중의 한 편이다.

　'고독해 보이는 회색 하늘빛/ 알몸으로 서 있는 회색 나무들/ 외로움으로 떠는 바람 소리/ 외롭지 않은 것은 아무것도 없다// 홀몸으로 서 있는/ 너의 가슴속 오솔길로/ 위로하는 마음으로/ 오늘도 걷는다 (…)'

이 시는 「너와 나를 위하여」의 앞부분인데, '너와 나를 위하여 또 봄은 오겠지'로 끝맺음을 함으로써 현실은 춥고 어두울지라도 양지처럼 밝고 따뜻한 이상을 그리고 있다. 행복한 가정을 간절히 그리고 있다. 또 '너는 왜 우니'라는 시에서는 '(…)오늘 밤은/ 엉망진창이다/ 결국 못 견디고/ 뜰에 나와 섰다// 귀똘, 귀똘, 귀똘…/ 귀뚜리 너는 왜 우니/ 삶이 힘겨워 우니/ 나는 하나뿐인 손녀딸/ 손녀가 그리워 운단다.'

하나뿐인 손녀를 보고 싶어도 못 보는 할아버지의 아픈 마음을 귀뚜라미 울음에 견주어 나타내고 있다. 이것은 현실이지만 「꿈 기차를 타고」에서는 '오늘 밤 나는/ 광주행 밤 기차표를 사놓았다/ 요금이 제법 비싸다/ 꿈속으로 달리는 특급 열차란다/ 연락이 닿지 않아서/ 너는 마중을 나오지 못하겠구나// 못 만나더라도/ 그동안 차곡차곡 쌓였던 그리움을/ 모두 쏟아놓고 와야겠다// 떠날 준비는 다 되었다/ 이불 속으로 들어가면 되니까'라고 함으로써 현실에서 이룰 수 없는 혼자와의 만남을 꿈(이상)으로 대리만족을 하고 있다. 간절한 소망이다.

이 시집에는 박장순의 이러한 아픈 삶의 자취가 생생하게 그려져 있어 글을 읽는 내내 가슴이 아팠다. '나에겐/ 부모님이 주신/ 텃밭이 하나 있었다// 미련하고 등신 같고 얼간이처럼/ 소중함도 모르고/ 지금 이날까지 학대하고/ 화학비료인 술과 담배를/ 지나치게 너무 많이 뿌려/ 뿌우연 안개 속 같이 망쳐 놓았다// 늦었지만, 어느 날/ 정신을 차리고 화학비료를/ 중단하니 안개가 걷히고/ 망가진 텃밭이 보였다// 삶을 뉘우치는 심정으로/ 헬스장에 가서/ 밭갈이를 하고/ 퇴비를 넣고/ 물을 뿌려 가꾸니/ 겨우 정상이 되었다(…).'//

여기에 '텃밭'은 박장순 자신이다. 잘못 가꾸어서 망쳐버린 그 텃밭을 정상으로 돌려놓은 것은 퇴비인 헬스클럽과 시 낭송과 시 쓰기였다. 그래서 정신이 맑아지자 손녀를 향한 그리운 정도 더욱 간절해진다. 그래서 하늘을 날아가는 「철새에게」도 '(…)엽서 한 장 부치고 싶다/ 귀여운 손녀에게// 많이 그립다고/ 많이 보고 싶다고/ 많이 사랑한다고/ 대학 입학 축하한다고// 예쁜 글씨로/ 또박또박/ 눌러 써서 보내고 싶다.'는 생각이 들고, 유치원생들의 「체험학습 날」을 보았을 때도 (…)나즈막한 등산길에// 여선생이 재잘재잘 유치원생을/ 알록달록 데리고 간다/ 암탉이 삐약삐약 노랑 병아리를/ 쫑긋쫑긋 몰고 가는 모양새다// '로 한없이 귀엽게만 보이는 것이다.

이 시집은 미남에 건장한 체구의 박장순 시인이 부모로부터 물려받은 텃밭인 자기 몸을 아주 새롭고 기름진 문전옥답으로 가꾸는 전환점이 될 것을 확신한다. 더욱 건강과 건필을 기원한다.

# 75살 내 인생, 30kg 배낭에 담아

오래 걸었다
산으로 들로 무작정 걸었다
걸을 수 있을 때까지 걸었다
온몸이 땀과 눈물에 젖어
까닭 없이 서럽고 청승맞고 구슬펐다
그 틈새 사이로 시가 보였다
걷거나 쉬거나 비행 중에도 보였다
시와의 만남은 이렇게 시작되었다
허우적거리던 나에게 손 내밀어 주었고
새로운 삶을 열게 해주었다
옛날은 가고, 나는 꿈을 꾼다
미숙한 나를 애써 지도해주신 큰 스승님 김종상 선생님과
가산문학회 홍재숙 회장님, 시낭송반 이서윤 선생님께
감사 인사를 드립니다.

2024 여름 장마의 문턱에서
박장순

# 차 례

## 제2부 고향 집 앞을 지나며

## 제3부 우리 쉬었다 가요

## 제4부 삶을 닦는다

제1부

# 꿈 기차를 타고

# 꿈은

꿈은
내 어릴 적
춥고 배고팠던
아픔을 녹여주는
알사탕

꿈은
어젯밤 나를 싣고
옛집을 둘러 보고
사랑하는 손녀딸을 보고 온
기차

꿈은
내가 생을 다하면
후회도 미련도 없이
영혼을 업고 하늘로 날아갈
은빛 날개

# 꿈 기차

낮에는 난 보잘것없는 사람
밤이 되면 난 부자이고, 높은 사람

밤이면 열두 량의 긴 기차가 나를 데리러 오고
나의 전용 특급 기차는 철로가 끊기면
비행기가 되고 배가 되어
미지의 세계로 달려간다

어젯밤에 둘러본 남쪽 옛집
연기가 피어오르는 나지막한 초가집 굴뚝
양지바른 마당에는 종종거리는 노란 병아리
방안에선 오래전 돌아가신 아버지가
책장을 넘기고 계시네

오늘 밤에는 전라도 광주에 가보려 하네
예쁜 손녀딸이 많이 보고 싶다
대학 수능시험은 잘 보았는지…

나의 전용 꿈 기차는
연착도 하지 않는다
세상에는 나만한 부자도 별로 없다

# 꿈 기차를 타고

오늘 밤 나는
광주행 밤 기차표를 사놓았다
요금이 제법 비싸다
꿈속으로 달리는 특급열차란다

연락이 닿지 않아서
너는 마중을 나오지 못하겠구나

못 만나더라도
그동안 차곡차곡 쌓였던 그리움을
모두 쏟아놓고 와야겠다

떠날 준비는 다 되었다
이불 속으로 들어가면 되니까

# 철새에게

머뭇거리며
서성이던
늦가을조차 가려고 하네

쓸쓸함은 사라지고
쌀쌀한 고독이 찾아오겠구나

남쪽으로 가는 철새에게
엽서 한 장 부치고 싶다

귀여운 손녀에게
많이 그립다고
많이 보고 싶다고
많이 사랑한다고
대학 입학 축하한다고

예쁜 글씨로
또박또박
눌러 써서 보내고 싶다

# 작은 소원

이 봉투를 받으렴

이건 돈이 아니란다
내 가장 소중한 손녀딸
대학등록금에 조금이라도
보탬이 되었으면 하는 마음이란다

이건 돈이 아니란다
지금까지 할아버지로서
다 못한 책임에 대한
뉘우침의 눈물이란다

이건 돈이 아니란다
목소리가 닿지 않는 곳에 있어
그동안 불러보지 못해 뭉쳐진
그리움의 절규란다

이건 어느 부자 영감의
가벼운 돈이 아니란다
그리움이 간절함이 뉘우침으로
쌓인 함성이란다

이건 돈이 아니란다
더 넓은 세상으로 나아가려는
네 꿈의 결실을 비는
할애비의 작은 소원이란다

# 작은 소원이 있다면

또 한 해가 가려고 하네
넌 많은 것들이 쌓여 빛나는 보석이 되고
난 많은 것들을 잃어 허깨비가 되었네
우린 그렇게 강산이 한번 변하고도 남는
수없이 많은 날을 이름 없는 어느 산골짝
실개천 물처럼 흘려보내 버렸구나

또 봄이 오겠지
봄은 희망이고 꿈이라지
어느 맑은 봄날 가지가지 꽃들이 피어나고
따스한 햇볕이 초록 잎사귀 사이로 쏟아지면
지나가던 바람결은 부드러운 손길로
네 머리칼을 어루만져 주겠구나

그런 밝은 봄날
어느 조용한 공원에서 예쁜 얼굴 마주 보며
한번 웃어 보았으면 좋겠구나
자그마하고 멋진 밥집에서

맛있게 점심 한 그릇 먹으면서 하고 싶었던
말 몇 마디 속삭여 보았으면
더욱 좋겠구나

# 천륜

어쩌란 말이냐
늙어 찌그러진 가슴속 깊은 속에서
솟구쳐 오르는 피맺힌 절규를
어쩌란 말이냐

그립다 불러도 들리지 않고
보고 싶다 울부짖어도 보이지 않는
만나고 싶다 애원해도 못 만나는
이 원통함을 어쩌란 말이냐

늦가을 저녁
저물어 가는 노을 속에서
울부짖는 절규를
어쩌란 말이냐

보이지 않고 만져지지도 않은 한 맺힌
천륜의 벽을
어쩌란 말이냐

그 벽을
허물어 버리고
깨트려 버리고 싶다
날려 버리고 싶다

# 체험학습 날

햇살 좋고
바람이 멈춘 날
나즈막한 등산길에

여선생이 재잘재잘 유치원생을
알룩달룩 데리고 간다
암탉이 삐약삐약 노랑 병아리를
쫑긋쫑긋 몰고 가는 모양새다

길바닥엔 쭈글쭈글 늙은 손들이
쭉 늘어서서 귀엽다고
바스락바스락 야단법석이다
작은 고사리손에는
할아버지 할머니 손들이
한 줌씩 꼭 쥐어져 있다

오늘은 귀여운 손주 손이
할아버지 할머니 손을 잡고
가을을 배웅하는
체험학습 날 같다

# 손녀딸과 소달구지

뭉게구름이 산자락을 타고 힘들게
기어오르고

실개천이 슬금슬금
노래하며 흐르는

부모님이 반갑다며 마중 나오는 산골
내 고향 마을

소달구지 아니면 아무도 갈 수 없는
지리산 밑 월명마을

어젯밤 꿈에
소달구지에 예쁜 손녀딸을
태우고 다녀 왔다

# 신혼부부의 꿈


아직도 떠나지 못한 겨울이
기웃기웃 망설이는
햇빛 좋은 오후

딱. 딱. 딱. 고개를 들어 보니
죽었어도 다 썩지 못한 나무둥치에
쬐그만 딱따구리 한 마리
열심히 쪼아대니
밀가루 같은 부스러기가 흩날린다

머리 하나 들어갈까 작은 구멍인데
저걸 다 쪼아 둥지 만들면
초가집이 될까 기와집이 될까
남편 딱따구리가 옆에 와 교대하잖다

몸맵시가 날렵하고 눈매가 곱고
첫 둥지를 만드니 신혼부부가 틀림없다
저 가냘픈 작은 몸에서 나올
몇 번의 산고를 어떻게 감당하려는지

많은 양식은 어디서 구하려는지
새벽부터 바둥거려야 할
현실의 녹록지 않은
삶의 시련에
멍히 보고 섰는 내가 안타까웁다

늙어가는 봄 어느 날
은빛 날개 반짝이며
창공을 향해 둥지를 떠나는

어린 것들을 상상하며
인고의 삶을 살려나 보다

# 너와 나를 위하여

고독해 보이는 회색 하늘빛
알몸으로 서 있는 회색 나무들
외로움으로 떠는 바람 소리
외롭지 않은 것은 아무것도 없다

홀몸으로 서 있는
너의 가슴속 오솔길로
위로하는 마음으로
오늘도 걷는다

너를 닮으려는 처절한 몸부림
위선이 없는 솔직함
자만이 없는 겸허함
욕됨이 없는 청결함을
우러러보며 사랑을 했다

인고의 세월이 흐른 뒤
알몸에 입혀질 짙푸른 잎사귀
따스한 바람에 날려갈
회색의 고독한 하늘빛
너와 나를 위하여
또 봄은 오겠지

# 슬픔이 흐르는 삶

가느다란 실개천이 모여
작은 냇물이 되고
작은 냇물이 흘러 흘러
큰 강물이 되었다면
강물은 어쩔 수 없이
바다에 닿아 생을 마감한다

형과 나의 인생도
세월이 모여모여
어쩔 수 없이
늙음이란 바다에 닿아 죽음 속으로 흘러든다

살고자 하는 건
모든 생명체
유전자 속 본능이지만
죽음은
누구도 어쩔 수 없다

슬퍼하지 말자
슬픔은 도움이 되지 않는다

누구나 한번은
가는 길이란 걸

# 눈물이 나는 이유

형과 나
김이 모락모락 피어오르는
커피잔을 앞에 놓고
조용조용 이야기한다

내가 지금 걷고 있는 길이
어디로 가고 있는지
알지 못하는 게 인생길이다

아침밥을 먹었는지
먹지 않았는지
생각나지 않는다고
치매는 아니다

삶과 인생에 대한
흥미를
잠깐
잃었을 뿐이다

# 사랑한다는 말

사랑한다는 말
가슴속에 가득 차 있어도
차마 말 못 하고 삽니다
어차피 전달되지 않는 말이니까요

보고 싶다는 생각
가슴속에 간절하지만
차마 표현 못 하고 삽니다
어차피 느껴지지 않을 운명이니까요

슬프고 외로운 마음
못 견디게 괴롭지만
차마 원망하지 못하고 삽니다

# 벽시계

만물이 잠들어 고요한 밤
2023년 12월 31일

한쪽 바람벽에 걸린 시계 소리
11시 59분 시침 분침
또 한 해가 가려나 보다

우두커니 앉은 자의
눈 밑 주름은 깊고
반쯤 벌어진 피곤한 입
아래쪽 앞니가 두 개 없다

하긴 많은 세월을 보냈으니
인생무상이다
별로 느끼지 못하던 감정인데
이 밤은 별스럽다

뚝딱뚝딱…
참 듣기 싫은 소리
밤잠도 없고 지치지도 않나
남의 심정이란 안중에도 없는
저 고집불통

내일 아침밥은 먹지 말고
굶겨버릴까
아니지 그래서는 안 되지
가는 세월을 잡아서는 안 되고말고
차라리 내가 늙는 게 낫지

# 첫 아침

수없이 많은 어젯밤이 지나가고
수없이 많이 지나간 어젯밤은
한해의 마지막 밤이었고
수 없이 새롭게 찾아온 오늘 아침은
새해의 첫 아침이었네

첫날밤, 사랑, 첫 키스, 새 아침
아련한 향수가 있어
가슴이 뛰고
힘이 솟구치네

그런
'첫'이란
엄청난 단어에
역경을 견디며
또 한해를 살아갈 것이네

제2부

# 고향 집 앞을 지나며

# 아버님께

아버지
울렁이는 논둑길 걸어갑니다
빈 논바닥 시꺼먼 맨살이 부끄러워
저 혼자 울뚝불뚝 성을 냅니다
바람이 멱살을 잡아 흔들고
빗방울이 제 뺨을 후려칩니다
안 그래도 슬픈 불효자를
비바람이 못살게 괴롭힙니다

아버지
소주 한 병 달랑 들고
납골당 찾아갑니다
모든 슬픔 일러바치려
울며불며 갑니다

# 늦게야 알았습니다

집에서 나오는 날까지
사랑한다는 말 한마디 못할 만큼
술이 깨지 않았다는 걸
늦게야 알았습니다

주방에서 열심히 설거지나 하고
돈 버는 데 힘을 보태면 그게
사랑이고 행복인 줄
알았습니다

집을 나와
새털 같은 날이 흐른 뒤
술과 결별하고 온전한 정신이 되고야
알았습니다

설거지나 하고 돈 버는 게
사랑이나 행복이 아니라는 걸
너무 늦게야 알았습니다

언젠가는 사랑했다는 말 한마디
할 날이 왔으면
좋겠습니다

# 고향 집 앞을 지나며

슬라브집 시멘트 덩어리는
오도카니 앉아 무얼 생각하는지
까치, 참새조차 버리고 간
잡풀 우거진 마당

나도 나그네 되어
옛집을 힐끔 쳐다보고
모르는 채 지나가려는 데

찌그러진 대문 앞에서
허리 굽은 부모님이
잘 보이지 않는 눈을 비비며
봐라. 너 채식이 아니가
뒷모습이 꼭 내 아들 같은데

아니라요. 나, 채식이 아니라요
채식이는 고향 집이 싫다며
서둘러 떠나왔어요

# 해님

여명이 밝아오는 세상이란 회사로
새벽을 열며 출근을 한다

벙글벙글 함박웃음
가득한 얼굴로
사랑과 희망 빛살
한가득 안고서
세상 구석구석 찾아다니며
아픈 이에겐 사랑을
가난한 이에겐 희망을
만물에겐 생명의 빛살 골고루 나눠준다

서산으로 향하는 퇴근길에
그래도 다 못 베푼 아쉬움으로
빨갛게 물든 얼굴
참 아름답다

또 만나요
난 당신을 닮고 싶어요

# 쭈굴쭈굴한 고향

고향 집에서 하룻밤 잤다
밤새 몇 번 들랑거리며 비워낸
빈자리가 거울 속 세월보다 더
쭈굴쭈굴한 얼굴이다

이웃들도 문을 잠가 버렸고
발가숭이 동무들도 살길 찾아가고
야단법석이던 피붙이도 떠나가고
빈자리만큼 초가집 바람벽도
쭈굴쭈굴해졌다

나이만큼 빠져버린 정열과 근육
실패한 자들의 엉망이 된 삶들로
돌아와 눈치 보며 숨어 사는
피난처가 되어버린
쭈굴쭈굴한 고향이다

앞마당의 감나무도
찬바람에 날려 보낸 잎사귀가
스스로 떠나가고
빼앗긴 감들
쭈굴쭈굴한 몸뚱이다

그래도
감나무, 너에겐 아픔 뒤에
찾아오는 봄이나 있으련만
내겐 봄조차 없는
쭈굴쭈굴한 노을이다

# 옛집을 향해

우뚝 솟아난 아파트 숲
꼬불꼬불 깊숙한 골목 안
키 작은 나무 돌멩이 옆
웅덩이에 한 방울 물

이웃도 없고 사랑도 없고
희망이 없는 나날들

오늘 서울역에서
반짝이는 흰 모래 위
철썩이는 파도의 속삭임에 이끌려
옛집을 향해
부산행 완행열차 차표 끊었다

굽이굽이 산을 돌고
피라미 올챙이 노니는
바위 옆 작은 옹달샘 지나
나무숲 그늘에서 땀을 닦았다

철거덕철거덕
철로길 따라 고향으로 간다

실개천이 흐르듯 그리움도 저만치 먼저 흐른다
모든 물은 바다로 간다
한 방울 물도 고향으로 간다
나도야 간다

# 축복의 오월

오월은
계절의 여왕인 어머니가
나를 낳아준 달
두 주먹에 초록의 희망을
꼭 쥐고 태어났지

제왕인 아버지
여왕인 어머니
키다리 감나무
빠알간 장미꽃이
박수를 치며 반겨주었지

인자한 어버이날이
새둥이 어린이날인
나를 축복하며
포근히 감싸 안았었지

왕자로 낳아주셔서
고맙습니다
희망의 달
축복의 오월에
무럭무럭 자라 보답하겠습니다
푸르른 꿈 창대하게 꾸었더랬지

# 텃밭

나에겐
부모님이 주신
텃밭 하나 있었다

미련하고 등신 같고 얼간이처럼
소중함도 모르고
지금 이날까지 학대하고
화학비료인 술과 담배를
지나치게 너무 많이 뿌려
뿌우연 안개 속 같이 망쳐 놓았다

늦었지만, 어느 날
정신을 차리고 화학비료를
중단하니 안개가 걷히고
망가진 텃밭이 보였다

삶을 뉘우치는 심정으로
헬스장에 가서
밭갈이를 하고
퇴비를 넣고
물을 뿌려 가꾸니
겨우 정상이 되었다

부모님이 주신
큰사랑에
감사드리며 오늘도
텃밭 가꾸기에
최선을 다한다

# 함박눈

목화송이 같은 눈이 떨어진다
바람이 없어 어디에 내려야
좋을지 몰라
이리저리 떠다니며 헤매인다

함박 눈송이에는 아주 오래된
기억들이 품어져 있다
초가지붕, 장독 위, 보리밭에 쌓였던 하이얀 풍경
강아지와 뛰며 놀던 기억들이
송이송이마다 들어있다

국민(초등)학교 1학년 첫겨울
무릎까지 푹푹 빠지던 논둑 길
마중 나온 아버지 등에 업혀
어깨에 멘 책보 위, 머리칼에
쌓이는 목화송이들

차가우면서도 포근했던 눈송이
발걸음마다 양철 필통 속
몽당연필의 촐랑대는 딸랑거림
까만 고무신의 차거움
무어라 말하기 힘든
아련한 추억들

그런 눈이 그때처럼
지금 창밖에 내린다

# 손사래질 1

산비탈 스쳐 가는 솔바람
하늘에 흐르는 흰 구름 덩이
괜스레 눈물겹기만 한데

친정 왔다 가는 딸내미
무거운 발걸음 옮기기 힘든
동구 밖 정자나무 밑

하얀 치마저고리
질끈 동여맨 가는 허리
반백의 어머니가

강아지 내쫓듯
가거라 어여 가
어차피 갈 길이면
마음 흔적 남기지 말아라

냉정하게
손사래질
거푸거푸 친다

떠나보냄의 쓰라린 손짓
가슴 아픈 이별의 정 자르기
마음이 마음에게 보내는
다독거림이다

# 손사래질 2

뿌우연 회색 하늘
잿빛 매연에
괜스레 눈이 따가운
시외버스터미널

아들 집에 왔다 가는
흰 구레나룻의 아버지
시골행 버스 창가에 앉아

배웅 나온 아들 내외에게
어여 들어가 어여
손사래질 치는
구부러진 늙은 손

내 걱정 말고
열심히 해서
집 한 칸 장만해
행복하게 살아라

들리지도 않을 소리
쓸데없이 혼자서
중얼거린다

떠나감의 쓰라린 손 내침질
가슴 아픈 이별의 정 자르기
허전함이 허전함에게 다독거린다

# 손사래질 3

세상사 허구가 진실되고
실제가 허황되게 보일 때도
허다히 있는 세상

할매 집에 왔다 가는 손주 녀석
눈물 질질 짜며
어쩔 줄 몰라 갈팡질팡한다

하얀 저고리 치마에
끊어질 듯 졸라맨 할매 허리가
호미처럼 굽어 있다

흐르는 구름처럼
세월도 무상히 흘러
벌써 취직하여 제 밥벌이하는
손주 녀석 대견하다

가라 어서 가
훌훌히 떠나가라
손사래질 치는
갈퀴 같은 할매 손

험한 세상 정신 바짝 차리고
높은 사람 말 잘 듣고
밥 굶지 말고
돈 아껴 쓰고 부자 되거라

육신과
순백의 영혼이
새털처럼 가벼운 할매가
신신당부하고 섰다

# 발자국

눈 덮인 언덕길에
아침 햇살이 앉아
은갈치 비늘로 팔딱인다

발자국 하나 없는
이른 아침 길을 걷다가 뒤돌아본다

깊이 찍힌 발자국
지고 온 삶의 배낭이
저렇게나 무거웠나

어지럽게 찍힌 발자국의 영혼은
무엇이 흔들어
괴롭혔나

가던 길 멈출 수 없네
그래도 가야지

# 2024년 새해가 왔다

새해가 왔다
깨끗한 한 해
새로 시작되는 해年

나는 나를 위하여 살아 있는 단 하나의 힘인
희망을 버릴 수 없다
모든 것이 절망적이고 슬프고
무기력해져도
희망을 놓지 않으리
그러려면
바쁘게 살아야지
그렇지 않으면
사회가 나를 필요하지 않은 것 같고
쓸모없는 존재가 된 것 같다

지금까지 해온 것처럼
헬스장 가기, 시 외우기, 독서,
우장산 오르기, 단백질 섭취
희망을 믿으며
열심히 살아가야지

# 잘 잤소

새해 아침이네
또 한 해가 갔으니 주름이 좀 더 깊어진 것 같소
말하기 거북한
정말로 부끄럽고 힘든 말인데
집을 나온 지 벌써 반 십 년이 되었군요

작년 아침에도 잘 못 묶인 매듭을 풀겠다고 생각했는데
결국은 허사가 되고 말았구료
오늘 아침도 작년과 똑같은 심정인데
잘 될는지 모르겠소

생각해 보면 참 간단한 일이고 쉬운 일인 것 같은데
어디가 잘못되고 무엇이 모자라 팔푼이처럼
이렇게 힘든 일인지 모르겠소

스스로 짊어진 짐이 너무나 무겁고 외롭고 괴롭소
또 한 해를 그렇게 산다고 생각하니 두렵고 무섭소
그동안 많이 미안했소

많은 잘못이 있었지만, 당신이 이해하고 용서해주면 고맙겠소
얼마 남지 않은 날이지만 잘하도록 노력하겠소

풍겨주던 들국화 향기가 모질게 그리운 차가운 아침이구료
건강 잘 챙기시고 늦었지만 사랑하오

– 못난 남편이

# 너는 왜 우니

자정이 조금 지나
바람도 자고
달 밝은 늦가을 밤

제법 차가운 날씨인데
아직 제집을 찾지 못한
귀뚜라미 한 마리가
애절히 밖으로 나오라고 불러댄다

표를 끊어놓은
나의 전용 꿈 기차는 연착이다

오늘 나의 밤은
엉망진창이다
결국 못 견디고
뜰에 나와 섰다

귀똘, 귀똘, 귀똘…
소율. 소율. 소율…

귀뚜라미야 너는 왜 우니
삶이 힘겨워 우니
나는 하나뿐인 손녀가 그리워 운다

제3부

# 우리 쉬었다 가요

# 난초

어쩌면 그렇게도
진초록 얼굴이 곱고
몸매도 우아하니

언제 가나
어떻게 가나
죽음보다 더 무서운 외로움

난초야
지금까지 너를
돌보지 않았니

나에게도
너의 곱고 따스한 미소를
조금만 주지 않겠니

# 낙화

봄이 왔다는 왁자지껄한 소리에
봄을 보려고 산에 오른다

봄은 보이지 않고
벚꽃잎만 어지럽게 흩날려
앞서가는 등산객
발꿈치에 꽃잎이 휘감긴다

봄은 벌써 저만치 가고 있구나

해마다 꽃은 피고 지고
가는 뒷모습 보면
가슴속은 텅 비어
걷잡을 수 없는
슬픔만 밀려온다

어쩌랴
인생사
흐르는 물에 부평초,
세월에 떨어지는 꽃잎인 걸

# 능소화

반짝이는 교회 첨탑에 강렬한
땡볕이 꽂혀 몸서리친다

만물은 그늘을 찾아
낮잠을 자는데
용광로같이 뜨거운 회색 담벼락을
붙잡고 오르는 능소화

저것은 오를 수 없는 벽
절망의 벽이다 다들 고개 숙이는데
수없이 뻗어나온 부착근은
그 절망을 붙잡고 오른다

밝은 주황색으로 만발한
능소화는 아름다움으로
불타는 뜨거움도 비웃으며
쉬지 않고 기어오른다

# 정자나무

아담하고 자그마한
한 그루
정자나무였으면 좋겠다

어느 한적한 오솔길
나즈막한 언덕에 서서 의자 같이
편안한 넓적 돌 한 덩이 옆에 놓고

봄이면 파릇한 새싹 터트려
너에게 희망을 주고
여름엔 시원한 그늘 만들어
숨 가쁘게 언덕 오르는
너를 불러 앉혀 땀 식혀 주고

가을이면 하루의 일상이 피곤해
목마른 너에게
달콤함 향기로 목 적셔 주는

또 겨울이 되면
앙상히 마른 몸으로 추위를 견디며
봄을 기다리는 인고의 삶을 가르치는

한 그루
아담하고 자그마한
정자나무였으면 좋겠다

# 벚꽃

눈 부신 햇살
살랑대는 봄 속으로
흰 머리칼 흩날리며
나란히 두 어깨가
걸어간다

살아온 자취만큼
빠져나가 버린 젊음
허공을 떠도는 꽃잎보다
더 가벼운 삶도
두둥실 높이 떠오른다

끝없이 펼쳐진 하이얀
벚꽃나무 숲길
왁자지껄 요란한 봄이
나에게도
왔나 보다

# 여의도 윤중로 벚꽃

어지럽다
어마어마하게
떠다닌다

벚꽃이 사람처럼
사람이 벚꽃처럼

이리 흩날리고
저리 흩날리고
저 멋대로 흩날린다

사람과 벚꽃이
어깨동무하고서

이 봄이
어지러워서 좋단다

# 벚꽃 구경 가요

형의
얼굴을 보면
살아온 생김새가
보람되고
아름답게 보여요

얼굴에 주름이 깊고
머리가 하이얀
벚꽃 같지만
아픔이나 치매는
걱정이 안 돼요

나도
삶의 향기가 곱고
삶의 의미가 크게
열심히 살고 싶어요

형!
아름답고 향기로운
벚꽃나무 숲에
운동하러 가요
우리 벚꽃 구경 가요

# 땡볕

주름진 눈꺼풀이 자꾸 감기는 한낮
아스라한 오솔길로 우산 하나가
비틀거리며 걸어간다
사람들은 땡볕을 싫어하지만
나는 좋다

땡볕은 어머니다
세상의 모든 생명체를 보듬어
젖을 빨려 키운다

팔삭둥이같이 어딘가 모자라고
부족한 나의 꼬락서니도
꺼멓게 태워 가면을 씌워 숨겨준다

고향의 시냇물에
해종일 알몸으로 자맥질하다
바위에 누워 배를 두드리며

"두껍아, 두껍아, 헌 집 줄게, 새집 다오."
노래하던 향수로
주름진 눈꺼풀이 살며시 감긴다

그래서
땡볕이 좋다
나는

# 가을은 역시

가을은 역시 쓸쓸한 계절인가 보다
오늘 아침엔 어김없이 지켜왔던 헬스장의 전례를
깨뜨리고 일찍 돌아와 버렸다

매일 오르는 우장산 등산길
밟히는 낙엽의 자그락 비명소리가
오늘따라 애처롭다

스쳐 지나는 바람도 사람도
나무들의 손짓도
만남의 반가움이 덜하다

회색빛 하늘 때문인가
조금씩 낮아지는 온도의 느낌일까
떨어져 이리저리 쓸려 다니는 낙엽 때문인가
만날 수 없는 손녀딸 보고 싶은
그리움 때문인가

알려고 하는 만큼 더욱 모를 미묘한 마음 앓이는
가슴에 뚫린 구멍으로 빠져나가 버린
허전함 때문일 거다

# 우장산 정상에서

알록달록한
잎사귀 사이로 쏟아지는
햇살이 따스하다

쭉 둘러선 운동기구들
사람들이 호되게 다루면
삐걱삐걱 요란하게 소리 지른다
나도 기구에 올라타
팔을 굽히고 하나 뻗고 둘 셋… 칠십…
미안하다 내 나이만큼 다섯 번만 더하자

기구는 숨 가쁘게
비명 지른다

팔 아프고 숨도 차다
고개를 숙이고 내려오려는데
낄낄거리며 비웃는 소리

그래 좋다
내일 보자
숨 크게 들여 마신다

# 제주도 바닷가

쏟아지는 햇살에
주름진 눈꺼풀이 자꾸 감기는,
파랑 바닷물이 은갈치 빛으로 눈이 부신
바닷가 산책길을 느리게 걷는다

앞서가는 형의 흰 머리칼이
파란 바람에 흩날리고
가벼워 새털이 된
마음도 허공으로 떠오른다

끼룩거리는 갈매기가
우리의 마음을 고이 보듬고
높이 날은다

저 멀리 제주도 섬이 아름답다

형의 손을 잡고 걷는 길은
아스라이 멀기만 한데
궁금해 물어본다
형!
우리에게 남은 삶의 길은 얼마나 될까?

거야, 뭐!
가 봐야 알지
애매모호한 파란 바람의 대답

# 우리 쉬었다 가요

숨이 턱까지 차오른다
가파른 오르막길
한계점인가
삶의 무자비함에
정나미가 떨어진다

나의 이 행위는
어쩌면 소중한 것들
희망, 꿈, 젊음
사랑하는 사람
모든 걸 잃어버린 다음

찾아온 공허와 허무함을
채우려
발버둥 치는 짓일 게다
그런 만큼
빠져버리는 것도 몰랐다

잠시 멈추어 서서
뒤를 돌아보니
숨을 헐떡이며
따라오는 형의
발걸음도 무거워 보인다

형!
여기서 좀 쉬었다 가요
우리를
기다리는 건 노년의 지팡이뿐

쉬면서 생각하니
억울하고 서러웁다
빼앗겨 버린
젊음이

# 겨울

겨울은 폭군이다
인정도 사정도 없고
생명도 부인한다

나무의 잎을 떨구고
강물을 얼려 멈추게 하고
모자를 쓰고 장갑을 끼게 한다

살아남으려면
겸손하고 존경하며 순종해야 한다
그렇지 않으면
혹독한 심판이 뒤따른다

겨울은
만물을 정복하고
자연의 법칙을 강요한다

# 참 좋다

바닷가 남쪽 지방에서 자란
촌놈이 서울에 와
보기 쉽지 않은 눈 오는 모습을 보니
참 좋다

목화송이 같은 눈이
바람이 없어
저 내리고 싶은 곳에
사뿐히 내린다

무릎까지 검정 고무신이 푹푹 빠지던
논둑길 걷던 어릴 적 모습이
가지가지 사연으로
차곡차곡 쌓인다

장독 위에 하얀 눈을 장갑도 없이
만지던 포근한 보드라움
입안에 한 주먹 털어 넣던 아련한
추억을 목마르게 느껴본다

제4부

# 삶을 닦는다

# 사랑을 닦는다

흙길 걸어온 어제를 뒤로하고
눈부신 대로를 걸어갈
내일을 닦는다

교단에 서서 초롱초롱 빛나는
눈동자를 가르칠
마음을 닦는다

호오호 입김 불어 정성껏
아름다운 세상을 이끌어 갈 미래를 닦는다

딸이 신고 서서
사랑을 베푸는
구두 코끝을
반짝반짝 닦는다

# 삶을 닦는다

우리 영토의 최북단
통일전망대가
멀지 않은 바닷가

잘 꾸며진 자전거길
왼편 산의 녹음은 푸르고
바다는 은갈치 빛으로 반짝이며
아스라이 펼쳐진 아지랑이길은
끝이 안 보인다

굽은 등에 착 달라붙은
무거운 배낭은
서편 하늘이 곱게 물들 때까지
엉겨 붙어 있을 것 같다

부산 기장 대변항에서
야영을 하며 걸어온
이런 나날들이 꼬박
한 달째인가 보다

하지만 멈출 수는 없다
멈추어서도 안 된다
삶의 얼룩이 부끄러워
무거운 배낭을 지고
속죄하는 마음으로 닦고 있는 중이다

그만둘 수도 없고
한 번은 가야 하는
남은 생의 전부를 투자해서라도
닦아야만 하는 길이다

# 삶의 배낭

내 청소년 시절
작은 실수로
잘못 맺어진 매듭 하나가
엄청난 무게로 짓눌러 버린 인생

결국은 견디지 못하고
뉘우침의 길로 나섰다
굽은 등에 삶의 배낭
감당하기 힘든 무게 만큼
아찔한 벼랑길을 걷는다

주마등같이 스쳐 가는
부끄러움뿐인
지난 세월
떨치려는 만큼 엉겅퀴로
굽은 등에 달라붙는다

평생 이루지 못할 꿈
가슴 저린 후회뿐인 삶
굽은 등에 진 무거운 배낭이
석양을 걷는다

# 다시 돌아가고 싶다

안타깝다
다시 돌아가고 싶다
하얀 눈에 무릎까지 푹푹 빠지던
논둑길 걸어오던 고향으로
발이 시려워 참지 못하고
깨어버린 꿈속으로
다시 돌아가고 싶다

봄이면 장독 가에 민들레 피고
파란 순이 돋는 감나무 서 있는 마당
부모님이 책장을 넘기시던 방
부엌 하나 내 공부방 하나
나지막한 초가지붕에는
참새가 짹짹거렸지

여름이면 벌거숭이로
해종일 자맥질하며 고기 잡고
뒷동산에서 소먹이며

술래잡기하던 동무들
모깃불 쬐며 보리밥 한 그릇
게눈 감추듯 먹고
반딧불이도 잡았지

가을이면 나락이 누렇게 익어
바람에 출렁여도 배가 불렀어
주황빛 감을 까치가 따먹을까
힐끔거리며 조바심내었지
감 이파리 사이로 따사로운
햇빛이 마구 쏟아져 내렸어

겨울이면 창가 책상에
예쁘지도 않은
여자아이와 짝이 되어
공부하던 국민학교 일학년 시절
책보를 어깨에 메고 논둑길 걸으면
양철 필통 속 몽당연필이

촐랑대며 딸랑거렸지

그 아늑한 고향 집으로
깨어버린 꿈속으로
다시 돌아가고 싶다

# 헬스장에서 1


오늘도
노력하고 있습니다

때로는 아프고
무너지기도 하지만
단련하고 가꾸어야 한다는 걸
잘 알고 있기에
감사히 생각하고 최선을 다하며
노병은 살아가고 있습니다

# 헬스장에서 2

나는 이십 대 중반
그 남자는 칠십 대 중반

백발에
풍성한 구레나룻이
눈부시다

작은 덩치에
누워서 역기를 드는데
팔십 킬로가 조금 넘었을까

난 칠십 킬로가 넘는 큰 덩치
저까짓 것쯤이야
손에 침 바르고
끙- 다시 끙- 또 끙
꿈쩍도 않는다

그 남자
빙긋이 웃으며 사람의 몸은
텃밭과 같아서
가꾸기에 달린 거야
농부가 흘린 땀만큼

벗은 팔뚝이
성숙한 여인의 젖가슴처럼
봉긋하다

# 되돌아 가본 길

혼자만의
멍청한 착각
열심히 살아왔다는
그 길을 되돌아 가본다

날은 저물어 가고
낙엽이 흩어지는 삭막한 길
평생을 비틀거리며
술의 노예로 살아왔던 길

아내의 소중함도 모르고
사랑한다는 말 한마디 못해보고
일만 하며 인생을 허비해 버린
초라한 길

어디쯤에서
동반자와 사랑의
손을 놓아버렸나
아무리 가슴을 쳐도
보이지 않는다

해는 지고
자꾸 어두워 오는데

# 반바지

깨끗이 몸을 씻고
빨래 건조대에
몸을 말리고 있는
네 모습이 편안해 보인다

멍든 허벅지 찢어진 엉덩이
허물어진 몸뚱이에서
건강해진 내 몸과 동행했던
연륜이 아름답다

작열했던 태양의 열기
쏟아지던 폭우 속의 황당함
바닷바람의 짠 내
육체 고행의 추억이 떠오른다

좌절로 주저앉을 때
힘겨워 울부짖던 순간마다
호통치고, 달래고, 애원했던

스승으로, 벗으로, 신하로서의
자애가 빛나 보인다

어제도 헬스장에서 동반자로서
고통을 같이하지 않았니
나는 잊을 수가 없다
새털 같은 나날들
희비의 동행 길이 지금도 그립다

찢어진 반바지야
힘겨워 이젠 네가 떠나려 하니
지금까지 동행해 준 것처럼
이젠 내가 스승으로 벗으로 신하가 되어 줄게
우리 조금 더 참고 같이 가자

# 우울증


나의
반갑잖다는 몸짓도 무시하고
시도 때도 없이
찾아오는
우울증

네가
앉을 자리를
없애기 위해
헬스장에도 가고
책도 읽고 시도 낭송하지만

너는
앉을 자리가 없으면
서 있어도 좋다며
무시로 찾아와
찧고 까불어대니

밉다가도
애석한 안타까움으로
어쩔 수 없이
가만히
곁에다 두어 본다

# 금단현상

어쩌다 이렇게
깊숙이 빠져버렸나
담배에 술독에

손이 떨리고
현실감각을 상실하고
헛소리와 발작
환각과 환청에 시달린다

기어올라라
어서 기어올라
이를 악물고
이 금단의 벽을 넘어서자

가족들의
애절한 저 눈빛들이
보이지 않느냐

지금 넘어서지 않으면
영원히
내일이란 없다

# 발버둥 쳐봐도

빡빡 악을 쓰고
체력을 비워도
허무의 그릇은 다
비우지 못하고
만족의 그릇은
채워지지 않는다

어쩌란 말이냐
아침 내내 쏟아낸
이 열정을

상체 운동 역기
윗몸 일으키기
하체 무릎 굽혀 펴기

눈물 아롱아롱
귀촉도
서정주 시인의
시 외우기

죽어라
빡빡 악을 써도
일평생 한 번도
채워 보지 못할 것 같은
이 안타까움

# 종심 從心

먹고 싶어서 먹은 게 아니고
누군가 억지로 먹여서 먹은
나이 같은데도
어쩐지 부끄럽고
안쓰럽다

인생의 봄이라는 내 청춘은
꽃 한번 제대로
피워보지 못하고
얼렁뚱땅 지나가 버리고

인생의 여름, 가을도 지나고
겨울의 어귀에 들어섰다
칠십을 사는 일 고래로 드물다 했는데
고맙다 해야겠지만
갈 때를 넘기고도 어정거리는 것 같아
마음 편치 못하다

아직도 마음을 비우지 못하고
바라는 바가 많아서
하고 싶은 일 보고 싶은 일
배우고 싶은 일들이 많으니
다행인지 욕심인지 모르겠다

# 돋보기

지금까지 살아온 길이 아득하다
주제넘게 멀리만 보려고 했던
젊은 시절의 욕망
가까이 있는 현실을 등한시했던
뼈저린 보상

잃어버림이 너무 많았던
아픔으로 다가오는 현실은
허황된 삶의 대가

달콤한 유혹에 빠져
모든 것이 현실이 되어 버린
뉘우침의 산물, 내 돋보기

이제는 멀리 볼 필요가 없는
또는 볼 수도 없는
삶을 돋우어 보려는 안경

오늘도
돋보기를 쓰고
실패한 과거
비참한 현실을
극복하려 책장을 넘긴다

# 고구마

산골도 아니고
아주 농촌도 아닌
어중간한 소도시 기장에서
자란 고구마들이
택배를 타고
서울 나들이를 왔다

종이 상자를 열어 보니
길쭉한 놈, 짜리몽땅한 놈
못생긴 놈, 잘생긴 놈
큰 놈, 작은놈들이 가득 들어
고향 흙냄새를 뭉클 풍기고
싱긋 웃으며 좋아 야단법석이다

저걸 심어 가꾸어서
보내기까지
칠십 넘은 여자의 몸으로
보통의 노동이 아닐 터인데
보내면서 어떤 생각을 했을까

예쁜 딸의 입에 들어갈 걸
상상하며 미소를 지었을까
남편의 입에도 들어갈 걸
생각하며 입을 삐죽였을까
일상이 된 못마땅함의
무언의 폭력
아마 후자임이 틀림없다

그렇다면 나도 할 말이 있다
어쩌다 부산에 가면
밭갈이도 해주고
퇴비도 넣어 주었다
또 나는
돼지고기를 좋아하지
고구마는 별로라는
무언의 반항

# 봄은 누구에게나 온다지

몇 밤만 자면 한 해가 저무네
노을이 아름답겠구나
눈보라 몰아치는 북풍에 쌀쌀한
고독도 함께 묻어오고

늙은 남자는 칠십 중반이 돼
눈가에 주름도 하나 더 늘겠지
그에겐 아들 딸 둘이 있고
피치 못할 사정으로
손녀딸 하나뿐이라던가

그마저 휴전선 철책선보다 무섭고
DMZ보다 엄청난 무거움이
천륜의 벽을 가로막고 있다지
이산가족 상봉은 고사하고
시대의 명품인 핸드폰조차
한 통 터지지 않아

참 안됐어
외로운 노인이야
고독한 인생이야
애처로워 보여
그래도
수없이 많은 날을
살을 에이는 아픔도
뼈를 녹이는 고독도 참았으니

또 봄은 올 것이고

그 애도 대학생이 된다지
그렇게 성인이 되면
새싹이 돋아나듯 한줄기
희망이 있을는지도 모르잖아

지금까지 그랬듯
또 참고 기다려보세
봄은 누구에게나 온다지

# 사진 속 사내

인정머리 없는 벨 소리
어젯밤 꿈속을 너무 멀리 걸었나
선잠 깬 눈동자를
구레나룻 번쩍이며
정신 차려라 사진 속 사내가
엄한 눈길로 쏘아 본다

뱀이 팔뚝을 휘감고
벌어진 어깨 가슴팍을 돌아
울뚝불뚝 복근에서 똬리를 튼다
멋있는 몸으로 만들어준 동반자
멋지게 한판 어울리자며
애달픈 운동기구들

# 어떤 불출不出이

들국화 향기를 품고 사는 여인이 있습니다. 은은한 향기는 봄에도 가을에도 풍겨 제 부족하고 부끄러운 냄새를 덮어 줍니다. 행여 옆길로 빠지려면 고삐를 당겨 제자리에 놓아 줍니다. 제가 주저앉으면 다독이고 일으켜 세워줍니다. 누구보다 성실하고 열정적인 여인, 제 인생의 자부심 바로 제 아내입니다. 가슴 저리도록 사모하는…

장남. 울뚝불뚝 옹고집쟁이인 저를 이해해주고 바라볼 줄 알지요. 기대치가 있었던 만큼 제 마음은 자주 장남에게 향합니다.

승무원 교육을 담당하는 딸. 착하고 밝게 자라 대학에서 교수로 최선을 다하고 있습니다. 생의 난관에서 몸부림치고 있는 제게 웃음과 희망을 줍니다. 오래전 들었던 아득한 풍금 소리를 싣고 와 활짝 웃게 해줍니다.

무엇보다도 제게는 세상에서 가장 자랑스럽고 사랑하는 손녀가 있습니다. 어려운 환경 속에서도 착하고 밝게 자라,

대학에서 열심히 공부 중입니다. 저의 아픈 손가락, 아침 햇
살 같은 아이입니다.

오늘도 저마다의 꽃송이로 제 곁에서 향기롭습니다.
저도 햇살처럼 피어납니다.

저자 박장순

박장순 첫 시집

## 삶의 배낭

초판인쇄 · 2024년 7월 19일
초판발행 · 2024년 7월 29일

지은이 | 박장순
펴낸이 | 서영애
펴낸곳 | 대양미디어

04559 서울시 중구 퇴계로45길 22-6(일호빌딩) 602호
전화 | (02)2276-0078
팩스 | (02)2267-7888

ISBN 979-11-6072-130-0 03810
값 13,000원